與蘭花的親密關係

作者

李郁苹、蕭郁芸

出版

成大出版社
National Cheng Kung University Press

推薦序

我與蕭郁芸博士相識超過 12 年了，這本書的發行見證了她在成大這一段時間的成長與努力。從致力追求卓越的研究成果、將蘭花的精髓融入生活、在電台上持續講敘蘭花永續的故事也達 10 年之久，郁芸矢志讓臺灣蘭花被更多人看見。

這不是一本制式的教科書，也非常態的科普作品，而是一場與蘭花共舞的奇幻冒險。書籍以引人入勝的小故事為引，簡介蘭花在臺灣的歷史、文化以及她們在我們生活中無所不在的風貌。蘭花在恐龍時期的模樣？幽靈蘭？蘭迷症？達爾文的彗星蘭？臺灣蘭花王國的誕生？搭載科技的變革，這本書為讀者呈現全新的閱讀體驗，希望能吸引更多人投入這充滿驚奇的蘭花探索之旅。

每周一次，52 個故事，52 個音檔，讓讀者重新認識蘭花、認識臺灣，並寫下自己的心情。這本書希望帶給讀者影響和啟發，重新思考蘭花的價值和臺灣文化的傳承。

郁芸期待這本書成為帶著翅膀的訊號，經由平易簡單的文字和觸動心靈的故事，吸引大家一起進入蘭花的世界、喚起對臺灣的美好記憶、讓我們回顧自己的初衷和夢想、一起寫下各自的感動。

財團法人成大研究發展基金會
董事長　蘇慧貞

一週一則，你與蘭花即將展開的旅程

讓有聲書帶你一同打造你與蘭花的親密關係。

導讀

踏入蘭花的世界，就是開啟了一段穿梭於時間的旅程。《與蘭花的親密關係》是一本將這些自6500萬年前就與地球共舞的生物及其故事，編織進日常生活的短篇集。自恐龍時代至今，蘭花的生存之道不僅展現了其強大的適應力，更反映了它們在人類文化與藝術中的獨特地位。

本書精選自古都電台「古都最前線」節目中「蘭花與生活」單元，由蘭花博士蕭郁芸帶領我們領略蘭花的古今故事。52篇短文隨季節變化而展開，從春日的新生到冬季的沉寂，每週的故事都以蘭花為主角，涵蓋了其自然奧秘、文化意義以及在日常生活中的多樣角色。

這本書的編排巧妙地結合了節慶、季節與生活的實用知識，如夏日蘭花的防蚊秘訣，以及各式節日中的蘭花應用。每篇文章都是一個獨立的故事，但透過一年的循序閱讀，讀者將逐漸揭開蘭花豐富多彩的世界面紗。本書旨在以輕鬆的節奏引導讀者，不僅學習知識，更感受蘭花的美與智慧。

《與蘭花的親密關係》中我們設計了一年的伴讀計畫，讓讀者可以慢慢吸收並與它們互動。掃描每篇故事旁的QR碼，聆聽節目錄音，讓您在閱讀的同時，仿若置身於蘭花的芬芳世界。透過書末「臺灣蘭花記錄地圖」，讓我們實際走進蘭花的世界，讓它成為您生活的一部分，並與我們共同創造更多蘭花故事。您準備好開始這場旅程了嗎？讓我們一起翻開這本書，享受每一頁帶來的驚喜吧。

插圖中文名稱—二名法學名

屬名—生長環境

可以發現的地區

Podcast

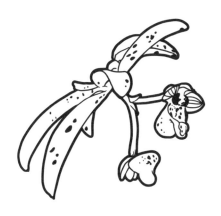

平衡的智慧

一般人總認為「菌」就是不好，一旦菌侵入了就意味著感染，可能會導致病變或是死亡。然而，大自然的神奇就在於「平衡」，蘭花與菌就是絕佳的代表案例。

蘭花自侏儸紀就存活到現在，它的種子有著千年不毀的休眠機制，是植物界中最高級的物種，而有趣的是，蘭花從種子到開花都需要自然界中最微小的真菌才能發芽長大，因此蘭花與菌有著密不可分的關係，彼此互利共生，與其他物種共存於森林中，造就生生不息的生態環境。

2019 年成大蘭展結束後，成大醫院外的樹上附植了蘭花，直到現在，那蘭花依舊迎風綻放，充滿生命力！那附植在樹上的蘭花正與多種菌種共生著，展現大自然的平衡。

大自然的一切看似簡單，實際上卻複雜，自然界的一切都有定期，花開繁盛之後總會花落，花落蕭條後有天會再花開。大自然總是有智慧的去平衡一切，只要平衡了，萬物便能生生不息，大自然的平衡值得我們借鏡。

有空時，人們可以多多觀察身旁的花草樹木，感受大自然平衡的能量，學學大自然平衡的智慧。心情好了，身體抵抗力自然就好；心情不好，看著大自然的花草樹木、看看蘭花，也能療癒身心靈，達到自然的平衡狀態。

臺灣松蘭 ｜ Gastrochilus formosanus

盆距蘭屬 — 霧林帶

中部山區

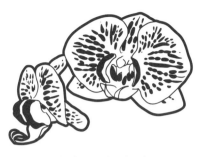

吵出一段良緣

美麗的蘭花不只吸引昆蟲，還能吸引好緣分，扮演紅娘，促成一段美好的姻緣！

位在臺南的鮮明蘭園，老闆李蒼裕和他的摯愛洪麗卿的緣分始於為了一株名為「虎神」的蘭花而起的爭執。原本兩人互不相識，但一場爭論後卻意外牽起了兩人的下半生──蘭花成為了他們的紅線！而這株虎神最初的名字其實是「幸運蘭」，由英國女王親自命名，虎神只是音譯。

2005 年，李蒼裕與洪麗卿第一次參加在法國迪戎舉辦的世界蘭展，為的就是爭取臺灣舉辦世界蘭展。為了培育與推廣蘭花，李蒼裕放棄本來的公職，選擇與蘭花為伍，而賢慧的洪麗卿總是以優雅柔和的方式為鮮明蘭園的蘭花命名，名字中總是帶著詩意。以洪麗卿命名的紫斑蝶來說，紫斑蝶蘭花擁有華麗的斑紋，宛如紫斑蝶展翅飛舞，璀璨奪目。洪麗卿期待每一朵蝴蝶蘭都能如同紫斑蝶般翔翔，傳達熱情與希望，讓紫斑蝶能飛向國際舞臺，展現臺灣的美麗，散發熱帶國家的溫暖與幸福。

鮮明蘭園還有另一棵財神（Charming fortune）俗稱「椪柑」，是吉祥的大橘色，年銷五十萬株到歐洲國家，更連續兩年在國際蘭展奪得分組冠軍。然而，椪柑的生產過程相當不易。椪柑在 2008 年時第一次配種育出，兩年後才第一次開花，花組培分更是等到 2013 年才獲得二十、三十株分生苗，此後才逐步進行大量生產！

回顧整個蘭花培育，從育種、開花、選種、到量產，得耗時七年以上，有時更高達十年。由此可見，市場上每一株美麗的蘭花，都是栽培者們堅持與不放棄的心血結晶，他們用青春扛起臺灣蝴蝶蘭王國的美譽。

紫斑蝶｜Phalaenopsis Lioulin Hot Lip

蝴蝶蘭屬 ─ 溫室栽培

鮮明蘭園

百變魅惑

蘭花是擁有最高級演化技巧的神奇植物,就像是百變女郎般,擁有很強的魅惑特質。它們對昆蟲的吸引力,可說是一段愛恨糾葛、阿諛我詐的故事,也展現出令人驚嘆的植物演化能力。

有些蘭花會模仿擁有花蜜的花朵外形,或透過氣味來吸引昆蟲覓食;有些蘭花則偽裝成庇護所,引誘昆蟲進入;還有些蘭花透過「色誘」,將外表偽裝成雌蜂來吸引雄蜂,並釋放強烈的費洛蒙氣味,吸引雄蜂來完成授粉。

蘭花不僅透過視覺、味覺誘惑昆蟲,還能啟動自我防禦機制,吸引其他動物保護自己,避免天敵的傷害。每一種蘭花的誘惑手法雖然不同,但都經過精密的演算,說它是最聰明的植物一點也不為過。這些高超的誘惑與詐騙手法曾令生物學家達爾文驚嘆不已,如今也讓人類深深著迷。

綠花肖頭蕊蘭 ｜ Cephalantheropsis obcordata

肖頭蕊蘭屬 — 東南部恆濕性氣候

屏東山區

合作關係

蘭科植物幾乎都靠著昆蟲傳播花粉，只有少數是透過風或機械震動授粉。然而令人意外的是，許多蘭花並不提供花蜜，因此它們必須巧妙地吸引授粉者前來，是大自然中最厲害的騙子之一。

為了傳播花粉，蘭花會釋放費洛蒙偽裝成雌性昆蟲，吸引雄性昆蟲靠近，或散發出食物的氣味，來吸引果蠅和小甲蟲，甚至是唇瓣演化成飛行器降落道，展現特殊顏色和光芒吸引小昆蟲前來。而與蘭花緊密相依的蘭花螳螂，則模擬蘭花粉嫩多彩的外觀，潛伏在一旁等待捕獲獵物，牠與蘭花形成了一種互惠共生的關係。

這一連串的合作策略幫助蘭花不斷演化存活下來，也促成了蘭花螳螂這種生物的形成，蘭花與蘭花螳螂的合作模式，也幫助避免蘭花遭受過多昆蟲造成的傷害，維持了生態平衡。

蘭花螳螂 ∣ Hymenopus coronatus

花螳螂屬 ∣ 熱帶雨林

馬來西亞 ∣ 印尼

達爾文之謎

被稱為「演化論之父」的達爾文，一生中一直有個希望解開的謎題，那就是「蘭花的多樣性」。

1862 年，達爾文收到一朵來自馬達加斯加島的特殊蘭花（大慧星風蘭），這朵花後方竟然有一根長達三十公分的細長花莖，這前所未見的構造讓達爾文深感困惑，一直思索著原因。達爾文最後提出一個假設，他認為世界上一定存在著某種能夠伸長口器超過三十公分的蛾類，若這種蛾類滅絕，大慧星風蘭也將隨之消失。

直到 1903 年，科學家在馬達加斯加島上發現了一種口器展開長達三十公分的天蛾。而到了 1992 年，科學家終於記錄到這種天蛾拜訪大慧星風蘭，並協助傳播花粉的樣子。

除了蘭花與昆蟲共同演化外，也有少數蘭花轉變為鳥類傳粉。它們的花莖變短、寬度增加，以迎合鳥類嘴型，它們是科學家百年來一直渴望探究的蘭花演化之謎。

大慧星風蘭 — Angraecum sesquipedale

彗星蘭屬 — 高日照的冷涼處 15～25 度　馬達加斯加東岸低地

現存最原始的蘭科植物

「擬蘭」是現存最原始的蘭科植物品種，它的外觀與其他蘭花截然不同。最早的擬蘭植物看起來像是木本植物，它的花朵外觀與百合有些相似。

2017 年，成功大學蘭花研究中心於國際知名期刊 *Nature* 上發表了〈擬蘭基因體與蘭花演化〉的研究成果。這篇研究回答了一個世紀以來科學家對於蘭花多樣性的疑問，解開為何蘭花能呈現如此多樣外觀的重要原因。像是達爾文對大彗星風蘭如何吸引授粉者的研究、到蘭花與昆蟲間密切的互動關係，以及探討為何蘭花的種子需要與特定蘭菌共生才能萌芽等問題。

過去蘭花生長於土壤中，但現今的蘭花卻能夠生長在岩石和樹木表面。種子的特點也有所改變，不再具有胚乳，體積變得極小，能夠透過遠距離傳播。此外，蘭花的花粉經過演化，也變得更為精緻便於傳播。

蘭花在 6600 萬年前的生物大滅絕之前，就已與自然共存，經過漫長的演化並成功活下來。蘭花演化與適應大自然的微妙平衡，是一個重要的生態指標，亟待我們了解與關注，因為它可是環境變遷下重要的倖存者！

擬蘭 ｜ Apostasia odorata

擬蘭屬 ｜ 海拔 700 公尺林下

臺灣中南半島

蓬鬆的狐狸尾巴

有人說蘭花有三種香味:「清香、幽香、濃香」。香氣可說是蘭花的一大特色,而有一種蘭花「不見蘭花,先聞蘭香」——它是「狐狸尾蘭」。狐狸尾蘭如其名,不僅外觀像極了蓬鬆的狐狸尾巴,極為高雅與豔麗,香味也濃烈,遠遠就能感受到它迷人的存在!

狐狸尾蘭是極為罕見且獨特的品種,屬於蘭科萬代蘭屬。它長長的花序上開滿了數十、甚至上百朵小花,色彩繽紛,有藍、粉紅、紅、白、橘等花色。花上的斑點也很吸睛,香氣更是令人陶醉。每年春節前後盛開的狐狸尾蘭,為新年增添不少喜慶的氛圍。

狐狸尾蘭的開花並非易事,需要多年精心栽培而成。過去狐狸尾蘭的花色和樣式相當單調,但十多年前,臺灣從泰國引進狐狸尾蘭後,持續改良技術,不僅縮短了狐狸尾蘭的培育時間,花色也變得更加多樣。目前臺灣培育的狐狸尾蘭幾乎已佔據全球市場,甚至出口反攻泰國,這使得臺灣不僅擁有蝴蝶蘭王國的美譽,也逐漸戴上狐狸尾蘭的王國之冠。

狐狸尾蘭 ∣ Rhynchostylis coelestis

鑽喙蘭屬 — 喜愛日照，花期於春節前後

漢霖蘭園 — 一般花市

富貴吉祥

從研發、栽培到環控，牛紀花卉農場的負責人吳明助，花了三十六年將原本一個不到六百坪大小的蘭園，打造成一個眾人矚目的蘭園。

吳明助早年在亞洲航空擔任過技師，他雖然熱愛花卉，卻對種植蘭花一竅不通，直到有朋友介紹他認識了蘭花，才觸發了他對蘭花的興趣。

依靠著過去專業技師的背景，吳明助克服了各種困難，建立起無菌室、溫室到平地冷房氣溫調控系統，自行培育出屬於自己的蘭花。憑藉這幾十年的自主研發和栽培經驗，牛紀花卉農場的蘭花顏色比同業更加豐富，培育出許多國內蘭界的經典之作，市場上也屢獲好評。

憑著鍥而不捨的毅力，吳明助將原本默默無聞的鄉村小蘭園，發展成為能跨國接單的知名蘭花業者，成為臺灣蘭花界的傳奇。儘管現在吳明助身體不若以往，他仍執著於創造出各種顏色的蝴蝶蘭，有如一位以蝴蝶蘭為謬斯的藝術家，堪稱是「愛蘭成痴」的典範。

牛紀金桔是蝴蝶蘭中少數帶有橘色的品種，主要出口至歐洲皇室，在國內市場極為罕見。在傳統意義中，金桔象徵著「富貴吉祥」，橘色的蝴蝶蘭正是象徵著吉祥和富貴，為每個家庭帶來幸福和完滿。

金桔 — Phalaenopsis OX Surf Song, 'OX1238

蝴蝶蘭屬 — 溫室栽培

牛紀蘭園

香販

根據彭雙松所著之《台灣蘭蕙》記載，1896年在臺北公館一帶，有一名販賣野生國蘭的蘭花採集者，名為陳天音。他是蘭界記載的臺灣第一位野生蘭採集者，可說是臺灣蘭界鼻祖。當時，陳天音在臺北烏來採集到許多散發芬芳香氣的國蘭，他把它們放在魚簍裡，到各官宦世家販售，每次進出都讓他荷包滿滿。

旁人紛紛猜測，這魚簍內裝的是什麼？為何沒有魚腥味，反而還飄散出一股淡淡的清香？陳天音因此獲得了「香販」的稱號。後來的陳天音展開他的識蘭、採蘭生意，也因此娶了一位富家千金。

陳天音裝在魚簍中的蘭花正是俗稱的「國蘭」，又名「東亞蘭」、「蕙蘭」，其中的素心蘭、四季蘭或報歲蘭具有淡雅之清香，是中國士大夫書桌上常擺飾之物，可以觀賞其優雅姿態，沐浴在其淡雅香氣中。其中的金玉滿堂、達摩等品種相當受歡迎，在二十世紀初時擁有上億身價，至1980年代的臺灣時也曾出現過千萬的天價，至今仍是相當受歡迎的蘭花品種。

報歲蘭 ｜ Cymbidium sinense

蕙蘭屬 ｜ 海拔 300-1000 淺山

全島

黃袍加身

臺灣蝴蝶蘭育種向來引領風騷,從白花蝴蝶蘭到華麗絢爛的紫紅色蝴蝶蘭,而黃帝更是蝴蝶蘭育種上的一大突破!

於 1982 年登錄的純黃大花 P. Golden Emperor(黃帝)(P. Snow Daffodil x P. Mambo)是黃花蝴蝶蘭中最具代表性的品種。黃帝的花形似白花般的純潔無斑點,無瑕的黃色在當時是一大突破。黃帝如同黃袍加身的皇帝般尊貴,純然的黃,真正的獨一無二,因此於 1983 年榮獲美國蘭藝協會金牌獎殊榮,臺灣蝴蝶蘭王國的美稱也因此展開。

過去,常聽老一輩的人說,有人因蘭花而致富,不少人會認為這是一則都市傳說,事實上蘭花致富的故事是真的。1978年時一苗黃帝就要價上百萬!當年,成功大學物理系張玉本老師以 300 萬的價格賣了黃帝蝴蝶蘭,這個成交價格在當時臺灣蘭界,可說是有史以來最大筆單一品種交易。張玉本也因此一夜致富,後來便辭掉教職,轉為專業的蘭花生產者,繼續為臺灣培育美麗而多彩的蘭花。

黃帝 ｜ Phalaenopsis Golden Emperor

蝴蝶蘭屬 ― 溫室栽培

已絕跡

百獸之王

當蘭花優雅的形象以「虎頭蘭」這陽剛的名字命名時，似乎有些格格不入。但親眼見到虎頭蘭後，這種疑慮便會煙消雲散。

虎頭蘭，又稱「蕙蘭」（Cymbidium(Cym.)sm-BID-ee-um），1799 年由斯沃命名，源於希臘文 kymbos「船」，意指花朵具有船形唇瓣而得名。

虎頭蘭的葉子與國蘭相似，長長的葉子像君子一般地挺立，花瓣肉很厚，花瓣中有一枚特別的不同，線條和紋路分外醒目，與三片花瓣狀的花萼相映成趣。整體花朵壯闊華美，宛如牡丹的華麗，又像虎頭一樣威猛，因此得名虎頭蘭。

為了吸引授粉者，虎頭蘭常集聚成叢，並散發淡淡香氣，但虎頭蘭不開花時就像野草，雖然挺立堅韌，卻難以吸引人們的注意。

虎頭蘭 ｜ Cymbidium hookerianum

蕙蘭屬屬 — 冷涼處平地或山區

蕙蘭屬 — 冷涼處平地或山區

全島 500-600 公尺山區

蝴蝶蘭的血統

小蘭嶼蝴蝶蘭是臺灣本土的原生品種，原產於蘭嶼，附生在森林中懸崖邊的大樹上，因花型小，也被稱為姬蝴蝶蘭（Phalaenopsis equestris），「姬」字象徵它的花朵外型嬌小纖巧，有著優美的曲線和挺拔的花梗。拉丁文中的「equestris」則代表其優雅流線感，彷彿騎士英姿或驟馬直前。小蘭嶼蝴蝶蘭具有多花、易栽培的特質，因此經常被用來與其他蘭花配種，創造出花色豐富的迷你型蘭花。

小蘭嶼蝴蝶蘭是第一個經基因解碼的物種，也是首株被送上太空的蘭科植物。小蘭嶼蝴蝶蘭具有的多梗、花朵多彩的特性，讓它成為臺灣商業種植中重要的親本，超過70％的蝴蝶蘭都帶有姬蝴蝶蘭的血統。

小蘭嶼蝴蝶蘭的適應力強，花朵繁多，深受歡迎，是蘭科植物中重要的模式植物。雖然它的體型嬌小，卻蘊藏著無限的可能性，正如人生一般，不斷地適應與改變，為後代帶來更多可能與未來。

姫蝴蝶蘭 ｜ Phalaenopsis equestris

姫蝴蝶蘭屬 — 海島，著生於樹幹

小蘭嶼 — 特殊花市場

大白花王國

大白花蘭花是有著一串的潔白大花朵，花整齊排列，數量繁多，有時甚至可達上百朵花。大白花蘭花在國內外多次榮獲殊榮，彰顯了其強大的實力，可說是蘭花界的藝術品。

大白花品種又稱為「V3 蝴蝶蘭」，純白的蝴蝶蘭深受日本人喜愛，是日本的婚禮布置首選。大白花最初是日本委託臺灣種植，至今聲名遠播。在委託臺灣種植的過程中，也找到適應臺灣氣候特性的品種，另一方面這也是蘭農們投入新技術、全力栽培和改良的成果。

起初，臺灣種植的大白花主要供應日本市場，後來逐漸擴展至歐美地區，甚至在歐美掀起一股風潮，成為所有高級宴會的必備花材，同時也為臺灣的蘭花產業帶來驚人的經濟效益，目前更是外銷全球最多的蝴蝶蘭切花。

蝴蝶蘭屬於熱帶植物，氣候溫度對其栽培影響深遠。在臺灣，隨著地理位置往南移動，日照時間增長，氣溫也逐漸升高，蘭園數量及面積逐漸擴大。特別是在臺灣南部的屏東，天然的溫室環境讓 V3 蝴蝶蘭一年能開花三次，這也造就了臺灣引以為傲的蘭花產業，使臺灣得以享有「大白花王國」的美譽。

大白花蝴蝶蘭 ｜ Phalaenopsis Sogo Yukidian ukid

蝴蝶蘭屬 — 溫室栽培

全島花市可見

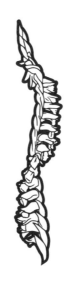

青龍纏柱

綬草，又稱為「清明草」或「墳頭草」，適應力強，外型非常小，看起來有如青龍纏柱，因此又名「盤龍昇」，是臺灣重要青草藥。

中國最早的蘭科植物文字紀錄來自《詩經》：「中唐有甓，邛有旨鷊，誰侜予美，心焉惕惕。」這句詩意思是綬草原本應該生長在潮濕的地方，卻生長在高高的山丘上，藉此比喻世事變化無常。

面對現今全球疫情，真有「禍亂始於微末，成功起於細節」之感概！真是始於微末，在我們身邊有許多美好的事物，但我們總是忽視不見；在我們身邊也擁有許多溫情，但我們總是無法感受。琢墨在顯見的情緒與感概中，陌見那點滴的光明，成也微末！敗也微末！

綬草 ｜ Spiranthes sinensis

綬草屬 ― 林下或草坪

中南部隨處可見

臺灣阿嬤

臺灣因擁有豐富的原生種蘭花而被稱為「蘭島」，吸引了世界各地的蘭花獵人，他們跨越重重山水，不計辛勞，只為尋找一株珍貴的臺灣原生蘭花。在臺灣白花蝴蝶蘭的原始棲息地「北大武山」，就流傳著一段美麗的原住民公主與蘭花獵人的傳說。

傳說中，北大武山上有一座清澈美麗的湖泊，被當地原住民視為聖地。湖泊旁，有一個部落過著平和的生活。然而，一天，金髮碧眼的外來客——蘭花獵人——為了尋找原生蘭花而來到部落，他們的出現掀起了波瀾。

蘭花獵人的首領一見到部落的美麗公主就深深愛上她，但可惜郎有意妹無情，公主早已心有所屬。獵人為了強娶公主，與部落發生了激烈衝突。公主為了保護部落選擇犧牲自己，投湖自盡。為了紀念這位熱愛蘭花的公主，部落便將湖泊命名為「蘭湖」。

自此之後，原本湖光山色、清澈美麗的「蘭湖」便常年籠罩於雲霧之中。當心存不良意圖的人靠近時，雲霧更為密集，似乎在守護著部落的安全；而當善良之人接近時，雲霧則散開，彷彿歡迎賓客到訪。

如今，這段傳說依然持續中，而「臺灣阿嬤」的品種名，就來自臺灣白花蝴蝶蘭學名 amabiles 的前兩音節，amabiles 的原意是指「美麗的女神」，對應到傳說，也就是那位美麗的公主了！而現今這原生的 amabilis 也正式更名為 formosa。

白花蝴蝶蘭 — Phalaenopsis formosa

蝴蝶蘭屬 — 溫室栽培

全島花市可見

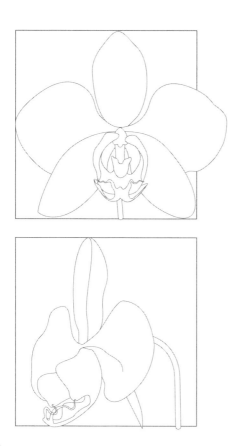

詠蘭詩

十七世紀，鄭成功率軍來到臺灣，其子鄭經寫下臺灣第一首詠蘭詩：「清馥生幽谷，餘香滿翠麓。韻高與眾殊，雲霧相馳逐。」

鄭經乘船經過幽谷，穿過有雲霧之地，出現在他眼前的除了翠綠的大樹，還有著隨風搖曳著的白花蝴蝶蘭，當下鄭經突然感受到一股清馥之香！而有著「芝蘭生於幽谷，不以無人而不芳」的感嘆。

詩中的描述非常有意境，也描繪出鄭經所見之蘭花生長地的特色。考究原生臺灣白花蝴蝶蘭的生長環境，一定就在懸崖邊的樹上，此與鄭經的所見相符。

臺灣擁有豐富的野生蘭花資源，也是一座被稱之為福爾摩沙的環海寶島，自古便與蘭花有著密不可分的關係！

白花蝴蝶蘭 — Phalaenopsis formosa

蝴蝶蘭屬 — 溫室栽培

全島花市可見

小丑花

蘭花世界猶如一場繽紛奇幻的魔術秀，每一刻充滿變幻，你永遠不知道育種者下一步將帶來何種驚喜！這些育種者就像是色彩魔術師般，為世人演繹蝴蝶蘭的戲碼。

黑花蝴蝶蘭，又稱為「小丑花」，因花瓣上的黑紫色斑塊狀似小丑臉孔而得名。要培育出小丑花，育種者必須在眾多相似的蝴蝶蘭中尋找變異品種，再把變異株穩定下來繁殖，這個過程艱鉅而有趣，也相當考驗育種者的眼光，他們得萬中選一，找出那唯一一株的變異。

臺灣的蝴蝶蘭品種屢獲世界各地蘭展大獎，引領全球風潮。蘭花王國的光彩背後，是許多育種者的心血與結晶。對蝴蝶蘭來說，變異才具有市場價值與期待，因此每位育種者無不卯足全力，以非凡的毅力與獨到的眼光，如同魔術般無中生有，創造出令人驚艷的蝴蝶蘭品種與顏色！而蘭花奇妙、刺激又充滿無限希望的育種過程，也讓許多人一旦踏入蘭花國度，便深陷其中，無法自拔！

黑花蝴蝶蘭 | Phalaenopsis harlequin flower

蝴蝶蘭屬 — 溫室栽培

全島花市可見

暱稱

古人有詩云:「蘭花不是花,是我眼中人。難將湘管筆,寫出此花神。蘭香不是香,是我口中氣。難將湘管筆,寫出唇滋味。」

蘭花之於愛蘭人而言,是如同戀人般的存在。因此,儘管蘭花隱身於萬花叢中,卻能讓人一眼就看到它。而蘭花在取名上也很有意思,有些以形取名,如小蘭嶼蝴蝶蘭,因其形狀像極了縱馬向前的騎士,因此也被稱為伊奎斯(拉丁文 equester 意即騎士與他的馬)。

有些以音取名,如臺灣白花蝴蝶蘭被稱為臺灣阿嬤。因為,臺灣白花蝴蝶蘭有另一個學名為 (P. amabilis var. aphrodite(Reichb. f.)Ames) ,阿嬤這個名字便是來自 amabiles 的前兩音節。

抑或是有些親暱的如同為另一半取小名的蘭花。一株名揚英國切爾西花卉展的臺灣蘭,被暱稱為虎神沙西米,原為獻給英國女王伊莉莎白二世的「幸運蘭」;大花拖鞋蘭被稱為肉餅,嘉德麗雅蘭中也有大豬哥、小豬哥等暱稱。

這些蘭花的外型其實都非常的嬌貴、高雅,然而其暱稱卻有著濃濃的臺灣味。因此,雖然詩人說「難以寫出此花神」,但是蘭花透過它的名字,也表達了與臺灣緊密的情感。

幸運蘭 ― Phalaenopsis Fortune Saltzman

蝴蝶蘭屬 ― 溫室栽培

特殊花市或蘭園

蘭迷症

蘭花是非常奇特的植物，彷彿能釋放出神奇的費洛蒙，來吸引人類。未曾接觸的人可能沒感覺，但一旦染上，便開始迷戀。輕微迷戀者會不斷追尋蘭花的身影；中度者則為其著迷，想要擁有蘭花；重度者更是一生都對蘭花情有獨鍾！這種情感常被稱為「蘭迷症」。

古今中外，許多「蘭迷症」患者都創造了無數的傳奇和故事。古老的埃及與中國皆對蘭花深深的著迷，生活中、文學經典裡、詩詞歌賦中皆不乏蘭花的身影！

對當時的西方國家而言，蘭花代表遙遠神祕國度的美麗和危險，是極為魅惑的存在！由於維多利亞女王愛蘭成痴，因而成立皇家蘭花栽培室，致力發現新品種蘭花，也帶動了英國人對蘭花的嚮往，更在荷蘭、法國，甚至歐洲大陸等掀起了一股蘭花熱。這些追逐蘭花的歷史，也造就了目前英國皇家協會在蘭花界翹首的地位。十九世紀末時，蘭花獵人將熱帶及亞熱帶地區蒐集的成千上萬蘭花引入歐洲，當時更是創下一株蘭花 1500 英鎊的天價。

二次世界大戰後，美國也開始加入追逐蘭花的熱潮，佛羅里達沼澤區裡曾發生過尋找如幽靈般的蘭花之傳奇故事，。

蘭迷症，是對蘭花的著迷和迷戀，只要戀上蘭花，就會深陷其中，難以自拔！而如今，依舊有不少的蘭迷症者，持續抒寫著自己與蘭花的愛戀故事！

一葉蘭 ｜ Pleione formosana

獨蒜蘭屬 ｜ 中海拔山區雲霧帶

一葉蘭自然保留區 ｜ 阿里山山脈

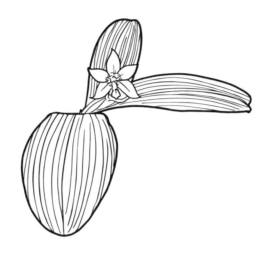

好人緣的香味

蘭花的多樣風情，宛如各種姿態迥異的美女。

在盛夏中綻放的蓓莉娜（Phalaenopsis bellina，大葉蝴蝶蘭的品種之一），雖不是蘭花裡中最醒目的一顆，但淡雅的色彩彷彿小巧玲瓏的佳人，一靠近便能令人為之心醉神迷。

蓓莉娜的原生種主要產於婆羅洲的沙勞越，生長於全球最古老的熱帶雨林之中。在陽光明媚的地方，蓓莉娜會散發出迷人的香氣。也許是因為它易於親近的特質和迷人的芳香，不只蘭花獵人覬覦它，為了尋找它而不惜犧牲生命，也有育種者們更是執著於它的味道，不惜花上數十年的時間來培育後代。對他們來說，似乎只要擁永到蓓莉娜的夢幻的芳香，一切努力都值得！

這樣「深緣」的蓓莉娜，因而擁有了「好人緣」的花語。

蓓莉娜 ∣ Phalaenopsis bellina

蝴蝶蘭屬 ∣ 溫室栽培

特殊花市場

以香味驅蚊

自然界具有保持平衡的能力，有吸引就會有排斥，如同植物的香味，可以吸引昆蟲靠近，也可以讓昆蟲聞而遠之！地處亞熱帶的臺灣，每到夏季蚊蟲一多，就得防範登革熱疫情。防蚊植物如香茅、茶樹、迷迭香、檸檬馬鞭草、香葉天竺葵等，就成為居家生活中最受歡迎的綠化植物。

而外出時該如何驅蚊呢？不能隨身帶著防蚊植物走，於是市面上推出了防蚊植物萃取的精油，可塗抹在身上防蚊。這些植物可以驅蚊，主要是因為其分泌出的香葉醇、香茅醇、檸檬醛等物質，經研究證實有一定的驅除昆蟲作用。

雖然蘭花以美麗聞名，但它的驅蚊能力也值得一提！研究發現，大葉蝴蝶蘭（Bellina，蓓莉娜）製成的香水，驅蚊效果出奇的好。過去，臺南登革熱疫情嚴峻時，成功大學的雲平大樓曾噴灑蓓莉娜香水，形成一道清新怡人的防護網。走進這道驅蚊屏障裡，既安心，又有著優雅香氣舒緩身心，曾為當年的校園美談！

螢光蝴蝶蘭 — Phalaenopsis violacea

蝴蝶蘭屬 — 溫室栽培

特殊花市場

蘭花花神

傳統節日中的「端午節」和蘭花十分有關聯。有關端午節的詩詞裡，常會有「浴蘭」二字，因此端午節又稱之為「浴蘭節」。

傳統習俗中，在盛夏之始的端午，人們會配戴艾草、菖蒲等芳香植物以解五毒、祛穢、避凶，也會使用這些植物洗沐身心的風俗，這不只是出於健康的考量，更是端午祭祀前的一種儀式，成了愛國詩人筆下的詩句「浴蘭湯兮沐芳，華采衣兮若英」。

屈原十分愛蘭花，寫過不少與蘭有關的詩句，也因為他愛蘭、種蘭、佩蘭、詠蘭，也開創了蘭花為香草美人意象，而成為「蘭花花神」。在流放的日子裡，屈原親手在家「滋蘭九畹，樹蕙百畝」。把愛國之心寄託於蘭花，以蘭花「幽而有芳」抒發己懷。「扈江離與辟芷兮，紉秋蘭以為佩」，以蘭為配飾，警醒自己保有高風亮節的情操。

「蘭花」象徵一切的美好，古人將蘭花視為氣節高尚的象徵，將蘭的品格擬人化為君子風範。這種影響，從孔子的「與善人為伴，如同進入芝蘭之室，久待而不聞其香，即使與之同化了」開始，延續至「蘭花花神」屈原以及後來的文人雅士，流傳千年而不衰。華人對蘭花的熱愛已經深入日常生活與精神中，進而形成了一種「蘭」的文化！

素心蘭 ｜ Cymbidium ensifolium

蕙蘭屬 ｜ 海拔 1800 公尺以下的林下

全島

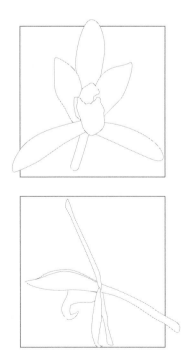

似蘭不是蘭

我們常常會被「蘭」這個字所誤導，以為名稱中有「蘭」的，都是蘭花，事實上並非如此。有些花即使不是蘭花，名字卻有「蘭」字；有些蘭花卻在名稱裡找不到一個「蘭」字。

例如風雨蘭，葉片扁寬酷似韭菜，因此又名「韭蘭」，它是有球根的石蒜科花卉，只要仔細看花形，就能辨認此蘭非彼蘭。小蒼蘭香味迷人，是沐浴乳、洗髮乳、香氛產品中常見的成分，同樣也是球莖植物，花序和葉片神似蘭花，但也不是蘭花。其他還有君子蘭、螃蟹蘭、劍蘭、吊蘭、毬蘭等等，雖然名字裡都有蘭，卻不屬於蘭科植物。

有些貨真價實的蘭花，例如天麻、石斛、金線蓮、香草等等，名稱裡雖然沒有「蘭」，但卻屬於蘭科植物。

因此，下次別被名稱給哄騙了！

小蒼蘭 ｜ Freesia corymbosa

小蒼蘭屬 ｜ 冷涼 15～25 度山區

中部山區

森林中的小精靈

每到雨季過後，漫步在森林步道上，享受清新的芬多精時，常會與森林中的小精靈「水晶蘭」不期而遇。水晶蘭晶瑩剔透、玲瓏可愛的模樣，每每一見，總會讓人驚艷不已。

水晶蘭的外型晶瑩無瑕，如同琉璃藝術。它雖然以蘭為名，但並非蘭花，而是一種腐生性植物，喜歡棲息在 1500 公尺以上的中高海拔的潮濕環境中，通常在梅雨季節後現身。

水晶蘭的植株外型小巧，只有 7~20 公分高，想要看到它迷你的身影，得多留意，一旦腳步匆匆就可能會與它擦身而過。一般而言，在水晶蘭開花期間，你或許能在陽光沒有直射的潮濕樹蔭下發現它的蹤跡。在臺灣的山林中，有兩種水晶蘭，一種是帶有淡淡黃色的純白品種，名為阿里山水晶蘭；另一種則帶有些許淡紫色，則是一般水晶蘭的品種。

下次在雨季過後漫步於森林小徑時，放慢腳步，留意周遭的生態環境，也許你就能在一瞬間發現這如同蘭花般清新優雅的水晶蘭，也觀察一下它的顏色，看是哪一種水晶蘭！

阿里山水晶蘭 ｜ Cheilotheca macrocarpa

擬水晶蘭屬 ｜ 海拔 1 0 0 0 - 3 0 0 0 公尺林下

全島各山區

以蔣宋美齡之名

說起美齡蘭，稍有年紀的長輩應該都會有一些記憶。在那個年代，美齡蘭可說是家喻戶曉的蘭花，因為它以蔣宋美齡之名命名且曾被印成郵票。1967 年所發行的五角硬幣上，也曾以美齡蘭作為圖樣打造，美齡蘭正是第一株在臺灣育種改良成功的「嘉德麗雅蘭」。

美齡蘭起源於光復初期，當時李金盛從日本學成歸國，在高雄內埔蘭園進行了一次交配，獲得了第一個果莢。這粒果莢被交由士林園藝試驗所的園藝技師米澤耕一以無菌播種，後來種植士林園藝所。當時的士林園藝所隸屬於士林官邸，對外不對外開放，很少人有機會目睹美齡蘭的真面目。

「此品種的確優秀，花梗挺立，花朵中型有結實感，花瓣平整而質感厚重，淡紫紅配上唇瓣，有艷麗不俗、氣質極高貴而雅緻的風韻。」曾見過美齡蘭的人是帶著似是得到珍寶般滿足的神情如此回憶道。這或許是它能種得喜愛蘭花的蔣總統與夫人青睞，並賜予夫人名字的榮耀的原因。

然而，在美齡蘭新名登錄時發生了一個小插曲。品種名理應是 Lc. Mme. Chian Chieh Shih（蔣介石夫人），但結果卻錯漏了前面的 Mme.，變成了 Lc. Chian Chieh Shih（蔣介石蘭），這個小錯誤讓美齡蘭只得存在於回憶之中！

美齡蘭 — Lc. China Chieh Shih

嘉德麗雅蘭屬 — 溫室栽培

已絕跡

靈草仙藥

蘭花不只能觀賞，它在日常生活中也相當實用，蘭花的根、葉、甚至種子都擁有一定的藥用價值，經常出現在食物中。

李時珍的《本草綱目》中記載，「蘭草，氣味辛、平、甘、無毒」、「其氣清香、生津止渴，潤肌肉，治消渴膽癉」，具有清香、滋潤生津、治消渴膽癉等功效。《本草綱目拾遺》中也提及，素心建蘭可除宿氣、解鬱悶，蜜漬青蘭花點茶飲可調和氣血、寬中醒酒。現代醫學研究也指出，蘭花的芳香成分確實能舒緩情緒、提神醒腦。

武俠小說中常描述的許多靈草仙藥常生長在高山崖壁上，這些武林高手不得不長途跋涉、克服困難、甚至飛簷走壁才能取得。這些靈草仙藥所具有的高價值似乎都源於生長在艱難環境中，如同藥用蘭花同樣也生長於艱困的環境中，與自然界中的真菌共生共存，這或許是一種自然的定律。

雖然蘭花全株都可入藥或食用，但由於蘭花種類眾多，並非所有蘭花都適合食用。在吃下肚前，了解相關蘭花知識是非常重要的。

臺灣白芨 ｜ Bletilla formosana

白芨屬 ｜ 低海拔至平地

全島

上天賜予的靈藥

天麻是一種腐生的蘭花，像薑一樣，把球狀的莖藏在土裡。它可以不斷地繁殖，從種麻、白麻、米麻，一直生長茁壯。天麻需要真菌才能存活和繁殖，且與真菌的平衡關係決定了天麻的品質。

最早記載天麻的史料是《神農本草經》，裡頭記載天麻有著直立的莖，底下長有像地瓜般的塊莖，天麻有時也叫做赤箭或定風草。這種腐生植物就棲息在橡樹根部的朽木之上，和其他蘑菇互相共生。

天麻因為被認為是上天賜予的靈藥而得名「天」，又因能夠舒緩人麻木的症狀，而被稱為「麻」。在《本草綱目》中，天麻是治療小孩驚厥的重要藥材，主要功效是祛風，也被拿來治療肝腎陰虛所導致的頭痛、暈眩、失眠或痰濕引起的偏頭痛，可見對神經傳遞和緩解症狀十分有效。

在臺灣，有時也稱天麻為「赤劍」，它只有下過雨後才會突然開花，不會長出葉子，也沒有葉綠素。

天麻 — Gastrodia elata

天麻屬 — 山區林下

北部、中部、東部海拔 2000-3000 公尺

維納斯的誕生

遇到瓶頸時,你願意用多少時間與精神去突破?

三十五年前,一位蘭花的育種者——簡慶賢先生,用一生去突破瓶頸,完成夢想,創造出世人留戀的香花蝴蝶蘭——一心維納斯。

甜美香氣的蓓莉娜(P. bellina)又香又大,但難找到對象繁殖後代,唯有充滿朝氣、多花的伊奎斯(P. equestris)能夠獲得青睞。但即使結合了,這些微弱的小生命,仍需經過一段艱辛的過程的培育過,如同人類做試管嬰兒、代理孕母和早產兒拯救等治療,才能成長茁壯。

在簡慶賢先生不斷地努力下,經歷了數十多個寒冬,終於育出了一心維納斯(P. I-Hsin Venus)。一心維納斯是蘭花育種的新里程碑,它帶有伊奎斯的輕盈柔美姿態,更散發蓓莉娜芬芳淡雅的香氣,不只展現了育種者永不放棄的精神,更是世人的精神楷模。

伊奎斯 — Phalaenopsis equestris

蝴蝶蘭屬 — 溫室栽培

特殊花市場

春日茶會

中華民族移居臺灣數百年來，從農業社會的辛苦耕耘到今天的工商社會的經濟繁榮，我們的生活方式經歷過許多不同的變化。然而，蘭花與茶卻在這漫長的時光中一直與我們相伴。從育種、栽培、研究到日常生活，蘭花與茶展現了不同的風貌，與生活息息相關，見證我們的起起落落，成功與挑戰。

成大蘭花研發中心蕭郁芸博士原本希望能夠為蘭花育種者簡老先生留下一生香花育種的紀錄，而簡老先生卻不幸跌倒了，傷及腦部，忘了許多事情，只記得新育出的香花蝴蝶蘭維納斯。

人生有多少次實現夢想的機會？人生有多少次能夠為來不及而努力？

這股熱情及執著也是臺灣育種者的精神，為了感念簡老先生為香花蝴蝶蘭育種的努力，以及一群與簡老先生一樣默默付出的育種者們。成功大學蘭花中心利用「蘭花生技」讓維納斯進入每個人的心，融入生活，讓阿公的精神傳達下去，藉此機會彰顯這份屬於臺灣人的堅持與努力不懈，也讓生物科技成果進入生活。

茶會的主題「茗白・蘭開口」便是希望能夠表達蘭花與茶，它們不僅僅是植物、作物，它們跨越古今中外的文化符號。是人，賦予了蘭花感動和幸福的力量；也是人，讓茶在口中帶來持久的回甘！

維納斯 ｜ Phalaenopsis I-Hsin Venus

蝴蝶蘭屬 ― 溫室栽培

一心蘭園 ― 特殊花市場

蘭花宴

蘭花自古至今都是一種相當有價值的植物，包括天麻、石斛、金線蓮、白芨等蘭花品種，以及陪伴了我們近兩個世紀的香夾蘭（香草）。

臺灣的蝴蝶蘭不僅用於觀賞，香味芬芳的蝴蝶蘭更有其應用價值。成大蘭花中心曾與飲料店奉茶合作，結合臺南的文化背景，融入生物科技的成果，共同開發以蘭花為主題的創意飲食「蘭花宴」。這場宴席的主角是臺南傳統的魯麵，吃的雖是生物科技的成果，但味道卻是令人懷念古早風味。

宴席菜單如下：

- 蘭花嫁魯麵：以蘭花麵為臺南傳統魯麵的主角，搭配醃漬的維納斯蝴蝶蘭及青梅醋。

- 成家水果蘭：各式當季鮮果點綴著蘭花，製成清爽的開胃菜。

- 烏龍女神米糕：用烏龍茶醬製成的米糕，搭配醃漬的維納斯蘭花。

- 仙菓百草蠱：以藥用石斛蘭作為湯底，搭配各種天然食材。

- 圓仔蘭花冰：傳統的圓仔甜湯，加上特製的維納斯蘭花糖蜜，賦予獨特風味。

- 蘭香茶：搭配維納斯蝴蝶蘭的臺灣茶葉。

鐵皮石斛蘭 ｜ Dendrobium catenatum

石斛屬 ｜ 溫暖、潮濕、半陰半陽的環境　福建 ｜ 浙江 ｜ 廣西 ｜ 雲南

父親節之花

蘭科是開花植物中最大的家族，已存在了約 7500 萬年，與恐龍共存於同一個時間。儘管在白堊紀末期（6500 萬年前）時恐龍滅絕，但蘭花卻存活下來，還演化出各式各樣的形態。

蘭科植物能生長在地球上的各個角落，從喜馬拉雅山麓到婆羅洲的雨林，從西伯利亞的河岸邊到吉力馬札羅的冰川下，從洛基山脈到亞馬遜平原，都能尋覓到蘭科植物的蹤跡。

其中，石斛蘭是蘭科植物中分布較廣泛且種類繁多的一類，且可以存活在較嚴苛的環境中。它的花期雖短，但花的形態千奇百怪，有像羚羊角的、像水墨潑畫般的，或似貝殼般的。石斛蘭的香氣也相當特別，有檀香味或麝香味，美麗而繽紛。石斛蘭整株都相當有利用價質，鐵皮石斛是《本草綱目》中中藥的仙草之首，金釵石斛、霍山石斛也都有著不同的藥用功能。

在臺灣，石斛蘭是原住民祖廟上的聖花。在華人文化裡，石斛蘭因其假球莖會一節一節的生長，則常被比擬為「君子之氣節」，因此有了「父親節之花」的美稱。可以這麼說，石斛蘭從古至今，從生活到文化皆與人有著密不可分的關係。

黄花石斛蘭 ｜ Dendrobium tosaense

石斛屬 ｜ 陽光充足，25-30 度

全島可見

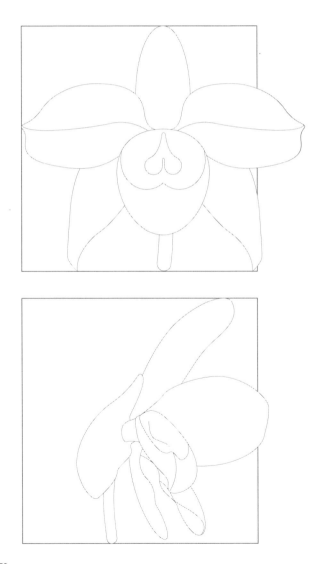

香草籽的祕密

香草（Vanilla planifoli）又名香蘭、香莢蘭、梵尼蘭、附子蘭，屬於香草蘭亞科，是一種蘭科植物並非芳香植物，香味主要的分泌位置在果莢，且是蘭科植物中唯一的攀緣植物。

香草原產於墨西哥地區，西班牙殖民者將其帶回歐洲，首先落地於英國，後來被法國人用來做甜點，就此誘惑了人們的感官，蔓延到全世界。1841年，馬達加斯加一位12歲的奴隸發明了為香莢蘭人工授粉的方法，大大的提高了香莢蘭的產量，讓馬達加斯加成為目前世界最大的香莢蘭出產國。

香草與我們的食衣住行育樂息息相關，也是目前市場上最重要的香精植物，無論是天然萃取或人工合成，應用十分廣泛，時尚品牌香奈兒更有以「梵尼蘭」為系列的香水與保養品，足見香草的香氣界的影響力。

香莢蘭 ｜ Vanilla planifolia

香莢蘭屬 ｜ 半日照，4-6月開花

埔里 ｜ 屏東 ｜ 臺東

金星仙子

如同葉石濤所言：「臺南是一個適合人們作夢、幹活、戀愛、結婚、悠然過活的地方。」

2019 年成大 88 週年校慶蘭展便以城市為出發，以「蘭不住茗天」為主題，讓蘭花走入生活中，讓蘭花出現在成大醫院、讓蘭花出現在古蹟、讓蘭花出現於圖書館、讓蘭花出現在林百貨，讓蘭花、茶、古蹟等古老的元素結合，創造「蘭ㄟ文化」。

成大 88 週年校慶還有一大亮點，那就是將臺中可可蘭園培育的新品種蘭花命名為「金星仙子」。可可金鞋蘭場成立於2001 年，負責人陳淑英從日本引進最新的拖鞋蘭（仙履蘭）品種，並致力於培養拖鞋蘭屬（仙履蘭屬）標準複合型（俗稱肉餅），創造出金星仙子這美麗的品種。金星仙子的花期可長達三個月，相當適合放在桌上觀賞。

仙履蘭的上萼片偏大，十分明顯且顏色亮麗，就像肉餅一樣，肥肥肉肉又可愛的大臉。小巧可愛又迷人的金星仙子，可說是以女性的細膩與浪漫所培育出的完美花型。

金星仙子 ─ Paphiopedilium hybrid

巴菲爾鞋蘭屬 ─ 溫室栽培

可可蘭園

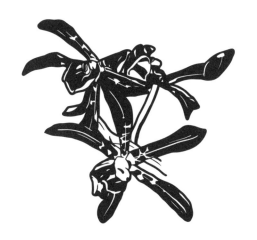

神祕女孩

「神祕女孩」──它融合了火焰蘭和狐狸尾的特性，充滿神祕魅力。既帶有火焰蘭熱情奔放，也具備狐狸尾蘭清雅中帶艷麗的風采。

神祕女孩這品種由名卉蘭園的廖貫名老闆所培育，他以泰國引進的富麗蘭（腎藥蘭與狐狸尾蘭雜交種）為基礎，改良了火焰蘭與狐狸尾蘭的特性，使其開花出許多花，且散發出清香宜人的香氣，在市場上深受歡迎。為了改良花型並增加花色的變化，廖老闆將其手上最大、花型最美、花色最鮮豔的紅斑狐狸尾（Rhy. gigantea var. Roseaa）與富麗蘭進行雜交，並從六百株小苗中選出新品種「神祕女孩」。

神祕女孩的花色變化多端，包括白色、粉紅、紅色、暗紅色、橘色、黃色等各種帶斑點的花朵，不僅香氣撲鼻，而且花期極長，大多盛開於二月，與元宵節歡樂氛圍相映襯。

神祕女孩的外型彷彿一群人共舞，每朵花展現自己的特色，但又和諧地融入整體。就如同我們在社會中所扮演的各種角色，各自獨立，卻也依賴著彼此。正因各自獨特美麗，才能在群體中共同創造美好。

神祕女孩 | Rhyanthara hybrids

鑽喙蘭屬 — 喜愛日照，適宜溫度為 18~35 度

名卉蘭園

原住民的聖草

有種植物被稱之為「蓮」，實際上卻是「蘭」——它就是「金線蓮」。

臺灣金線蓮有著可愛的魚骨外型，又稱「魚骨蘭」，或許因為它的消炎與解熱的療效，而被臺灣原住民視為「聖草」。原住民舉行宗教儀式時會以金線蓮祭祀供奉神祇，也用金線蓮來製作傳統手工藝和裝飾物。既然被稱為神聖的植物，自然會有聖獸守護著，因此在臺灣金線蓮生長的地方，常有兇猛的百步蛇守護左右。

有別於臺灣金線蓮，美國金線蓮又名「寶石蘭」，它深色的葉片上，有著橙黃色葉脈交織的紡錘形美麗紋路，花期時會開出一串白色的小花，花朵纖細可愛，亮眼的外型讓美國金線蓮從葉子到花都適合觀賞用，也相當容易種植。

雖然名字同樣都有金線蓮，美國金線蓮卻不像臺灣金線蓮般，全株具備藥用價值，臺灣金線蓮有「藥王」之稱，具有養血、涼血、護肝及清熱解毒的功效，全株皆可入菜入藥，目前多產於臺灣埔里，是民間相當受歡迎且廣泛使用的草藥。

金線蓮 | Anoectochilus formosanus

金線蓮屬 — 林下

全島中低海拔山區

血紅寶石

蘭花一直被視為植物界中最聰明的花卉。它們從恐龍時代就存在，不斷去適應自然環境，讓我們現在仍能見證她們美麗的綻放。

過去我們常以為，蘭花只生長在溫室中，但當看到野生蘭花的生長環境後，不得不驚嘆它們對環境的適應能力。

血葉蘭（Ludisia discolor），原產自緬甸，屬於蘭科血葉蘭屬，又名石蠶，植株外型極似金線蓮，因此被誤稱為「美國金線蓮」。

血葉蘭的葉脈與葉面呈現出血紅的色澤，也有「血色寶石蘭」的稱號。它們生長的環境並不舒適，只有在陽光充足、岩石上才能被發現。就像寶石需在高溫高壓的環境下綻放她的光彩。

像血葉蘭這樣的蘭花，以它們獨特的方法適應著生存。無論是蘭花抑或是我們，適應環境、克服困難都是生命中不斷成長的一部分。

血葉蘭 ｜ Ludisia discolor

血葉蘭屬 ｜ 山谷陰涼處，岩生

中國 ｜ 東南亞 ｜ 埔里蘭園

女神遺留在森林裡的鞋

「仙履蘭」俗稱「拖鞋蘭」，花色獨特且開花期長，據說是維納斯女神在森林中遺失的鞋子。

成立於 1991 年的穎川蘭藝工作室與仙履蘭有相當深的淵源。穎川蘭藝工作室的負責人蕭元川，最初因一株被稱為「虎神」的蝴蝶蘭而對蘭花產生興趣，但蝴蝶蘭的育種對他已不困難，而仙履蘭繁殖困難的特點，反倒激起了蕭元川的鬥志，於是開始踏入仙履蘭的世界，期望培育出適合擺設於桌上的黃金色小型仙履蘭，最終創造了黃金履（Gold Lady's Slipper）的品種。

蕭元川將迷你型仙履蘭原生種與俗稱「肉餅」的綠色複合雜交，以黃玉為父本，穎川 GOLD 為母本，培育出符合黃金比例的迷你仙履蘭，被稱為黃金履（Gold Lady's Slipper）。

所謂的「黃金比例」，指的是花朵與葉子的比例為 3:7，這樣的比例極難達成，且耗時良久。黃金履外型小巧迷人，花朵呈鮮明的黃色調，猶如黃金般閃耀。

黄金履 — Paphiopedilum In-Charm Gold

兜蘭屬 — 陽光充足，20-30度

穎川蘭園

風中舞者

文心蘭（Oncidium）原產於中、南美洲，分佈範圍非常廣泛，從美國佛羅里達州至墨西哥、巴拉圭、秘魯、巴西、阿根廷等地都有發現。目前文心蘭的切花品種有南西、蜜糖、檸檬綠及少量的巧克力文心。

文心蘭又稱「跳舞蘭」，開花時花莖佈滿著一顆顆輕盈而美麗的花朵，唇瓣有如舞者的裙擺，迎著風時有如舞著唇擺一般盪漾，因此有「風中舞者」的美稱。

檸檬綠文心蘭 — Oncidium Honey Angel

文心蘭屬 — 半遮陰處皆可

臺中 — 屏東 — 雲林

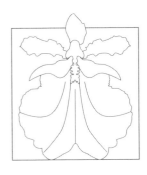

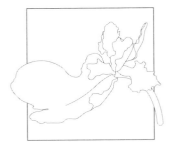

全球首例的白裙舞者

臺灣的文心蘭主要外銷日本市場，但品種單一，且因花粉敗育，無法透過傳統雜交方法培育新品種，導致文心蘭產業淪為「單一花色、單一市場」。然而，臺灣有位專家，一生致力於創造新的文心蘭品種，他是臺灣大學植物科學研究所的葉開溫教授。

為了解決文心蘭單一花色的問題，葉開溫教授及其團隊運用RNA干擾技術，對文心蘭的花瓣組織進行了干擾，使其花瓣組織中的胡蘿蔔素降解，從而呈現出白色花瓣。這項技術的最大特點在於僅改變了花色，保留了原黃色文心蘭的生長特性，使其產生了白色花瓣，創造出了全球首例的白色文心蘭。

白色文心蘭是全球首例基因轉殖的文心蘭，目前已經通過嚴格的 GMO「生物安全田間試驗」之評估，同時已於 2018 年元月，經過農委會「生物安全審查委員會」審查通過，證實它對人類健康及自然環境是安全無虞的，不影響生物多樣性。白色文心蘭的誕生，可說是臺灣蘭花研發實力的展現，與蘭花王國的美稱相互輝映，也以此紀念與感懷葉開溫老師的堅持與努力。

蜜雪文心蘭 — Odontocidium Tariflor Snow White

文心蘭屬 — 特殊網室栽培

臺大葉開溫老師實驗室

藝術家

「將美麗的蘭花傳遞給世界」是一群臺灣人持續一輩子的志業與工作，他們致力於發掘蘭花之美，展現蘭花的自然療癒力，這正是臺灣蘭花之所以動人的原因——它孕含了育種者的「幸福與希望」。

在 2022 年的臺南國際蘭展上，世茂蘭園以獨特的奈米技術噴染大白花蝴蝶蘭（蝴蝶蘭 V3 品種），讓大白花蝴蝶蘭綻放出亮麗的烏克蘭國旗顏色，不只顛覆一般人對蘭花的想像，更將蘭花提升到藝術層次，展現精緻、時尚感，作為臺灣國民外交禮品再適合不過。

蘭花不只外型美麗，本身也有其多元價值。在成功大學，有一位研究蘭花多年的蕭郁芸博士對蘭花香味特別有心得。蕭郁芸博士不只研發蘭花香氛，還研製蘭花保養品，更推廣蘭花泡茶、入菜，讓蘭花走入人們的生活。近年來，蕭郁芸博士更研發萃取了一款蝴蝶蘭精油，臨床研究中已被證實可以舒緩憂鬱與焦慮的情緒。

大自然孕育出的蘭花就像原石，而用盡一生發掘蘭花之美與內涵的專家們則是打磨讓蘭花為鑽石精品的匠人。隨著匠人們的腳步，「蘭花」已逐漸登上世界的舞臺，成為臺灣時尚精品的明日之星。

大白花蝴蝶蘭 ｜ Phalaenopsis Sogo Yukidian ukid

蝴蝶蘭屬 — 溫室栽培

全島花市可見

腮紅

想像一下，帶著腮紅的白花蝴蝶蘭是什麼樣子呢？這是成功大學蘭花中心許家齊博士精心設計的一個點子！

植物花朵的色彩表現的關鍵，主要來自有顏色的花青素累積在植物細胞液泡中，使花朵呈現出橘紅、紅到紫、及藍紫色，要控制這些顏色就需要尋找到關鍵基因。

許家齊博士專攻研究蘭花的花色，從進入研就所後，到博士期間的九年研究生活，常常通宵實驗室，讓父母十分擔心，不斷詢問為何要如此拼命。基因工程的辛苦十分難為外人所知，九年的努力也難以讓父母了解他的研究目標只是為了找到調控花色的關鍵。

終於，在他博士畢業那天，身穿禮服的他帶著父母進入蘭花溫室，展現了上百朵擦上腮紅的蘭花！原來在畢業前三個月，他默默地籌備，日以繼夜，只為了讓家人見證他在成大的日子裡所付出的心血與努力！當時，許家齊的母親眼眶泛淚，充滿感動。

花朵的色彩是植物吸引昆蟲和動物授粉的方式，而這些腮紅蘭不僅是許博士熱情與堅持的結晶，也代表著他對家人無法言喻的愛，更是他表達對家人、導師感恩和感謝之心。

心機蘭 — Phalaenopsis hybrid

蝴蝶蘭屬 — 溫室栽培

成功大學蘭花研發中心

鳳凰再生

鳳凰蘭誕生的故事，要從 2016 年的國際蘭展說起。

當年發生了臺南大地震，而中興大學楊長賢教授於同一年，利用花被密碼理論，調控基因，改變了蘭花唇瓣形態。他透過病毒控制蝴蝶蘭唇瓣的基因，創造了暫時擁有大唇瓣特徵的蘭花，將它命名為「鳳凰蘭」，也獻給因地震受創的臺南，希望臺南如鳳凰再生。

一般蘭花通常有三個萼片，兩個花瓣及一個唇瓣，而鳳凰蘭的形態也是如此，只是鳳凰蘭有一個像花瓣的大唇瓣，如鳳凰的尾巴。

此後，臺灣的育種者也以實生苗的育種方式，育種出像鳳凰蘭一樣的各式新品種，繼黃花蝴蝶蘭、小丑花蝴蝶蘭後，又新培育出「大唇蝴蝶蘭」。

鳳凰蘭｜Phalaenopsis harlequin

蝴蝶蘭屬｜溫室栽培

全島可見

白衣幽靈

有一部改編自小說的美國電影《蘭花賊》，內容講述男女主角冒險探尋鱷魚沼澤尋找「幽靈蘭」，為的是要從幽靈蘭中提煉出毒品，然而故事的結局最後男主角慘死在鱷魚的口中。

事實，上「幽靈蘭」不是電影中虛構的蘭花，它是真實生長在美國佛羅里達南部的沼澤地裡。儘管沒有科學家能夠證實「幽靈蘭」可以提煉出毒品，但是這種神祕的蘭花卻對重度蘭迷症的人來說，有著致命的吸引力。

不同於蘭花一向給人清麗高雅的美感，「幽靈蘭」給人蒼白、詭異的印象，就像穿著白袍的佛地魔。幽靈蘭因其型態特殊、數量稀少而被列為世界瀕危植物。

幽靈蘭的生長環境特殊、條件嚴苛，極為珍稀、神祕且難得一見，據說只有在夜間才可以見到它，也因此讓人為之瘋狂，成為世界上最貴的蘭花。

幽靈蘭｜Dendrophylax lindenii

幽靈蘭屬－沼澤著生於樹幹

美國佛州

柑橘香味

成大88週年校慶時，為一個蘭花的新品種命名為「小檸檬」。

小檸檬的外形可愛，顏色討喜，散發出柑橘的香氣非常迷人。小檸檬蘭花由王子蘭園培育，是稀有的香味品種。育種者YangYang原本是一位設計師，出於對蘭花的熱愛而轉型成了專業育種者。

由於小檸檬剛被培育出來，因此數量非常有限，尚未進入市場，但小檸檬的獨特香味已擄獲了眾多蘭花愛好者和育種者的心。然而，它的生產和量產難度也相應地更高。

小檸檬所屬的王子蘭園培育的蝴蝶蘭都屬於珍奇的品種，他家的育種方式與其他蘭園不太一樣。而臺灣蘭花之所以美麗，正是因為有許多熱愛蘭花的育種者不懈地追求，創造心中最完美的蘭花。這種熱情讓臺灣擁有全球最多的新品種蝴蝶蘭，並引領著蘭花流行潮。

小檸檬 — Phalaenopsis YangYang Everygreen

蝴蝶蘭屬 — 溫室栽培

特殊花市場

郵票

2018 年 8 月，中華郵政發行「臺灣野生蘭花」系列郵票，以桃紅蝴蝶蘭、南嶺齒唇蘭、黃萼捲瓣蘭及溪頭豆蘭為主題創作。

郵票上的桃紅蝴蝶蘭花形約直徑 3 公分的大小，也被稱為「小蘭嶼蝴蝶蘭」；南嶺齒唇蘭則是花瓣白色帶紅暈，有紅褐色條紋及斑塊，常被稱為「假金線蓮」。黃萼捲瓣蘭也稱為「黃梳蘭」，大小只有約 1.5 公分，多朵排列成扇形，像一把小圓梳，而溪頭豆蘭，直徑約 0.8-1.2 公分的。

雖然這些蘭花在郵票上看起來很大，但除了桃紅蝴蝶蘭比較顯眼外，其他蘭花都是森林中的隱藏精靈。如果它們沒有開花，就像一般的草，要睜大眼睛，才能找的到這些迷人的精靈！

南嶺齒唇蘭 ∣ Odontochilus nanlingensis

齒唇蘭屬 — 林下

烏來山區

像鴨子一樣

蘭花的花型千奇百怪,有時根本無法分辨這究竟是不是蘭花。

豆蘭又名「石豆蘭」,是蘭科中一個特殊的族群。豆蘭的花非常小,唇瓣外型特別,一年僅開花一次,每朵花如指甲般大小,看起來十分嬌小可愛,有點像鴨子。

豆蘭也是蘭科植物中種類最多的一屬,大約有兩千多種原生種,包括扇型豆蘭、羅斯柴爾德捲瓣蘭(Bulbophyllum rothschildianum)、「豆后」長鬚捲瓣蘭(Bulbophyllum longissimum),以及溫德蘭捲瓣蘭(Bulbophyllum wendlandianum)等。一般來說,豆蘭對日照、土壤的要求不高,只要有明亮散光就能生長,因此非常適合一般家中養植與觀賞。

黃萼捲瓣蘭 ｜ Bulbophyllum retusiusculum

豆蘭屬 — 林下著生於樹幹

東南部山區

催情劑

古希臘哲學家泰奧弗拉斯托斯（Theophrastus, 371-287 BC）是第一位把蘭花稱作「orchis」的人，也就是「Orchid」這字的由來。希臘文「orchis」的原意為睪丸，因為蘭花大多具有假球莖，不開花或休眠時就會以假球莖形態過冬。從古希臘到十八世紀，蘭花一直是歐洲重要的藥草，且認為它的根有催情作用。古以色列人會食用蘭花假球莖來治療陽萎，土耳其人也會用蘭花的地下莖做催情劑，來達到壯陽的目的。

蘭花之所以給人催情的印象，或許和「紅門蘭」有關。紅門花是陸生蘭類，屬紅門蘭屬（學名：Orchis），約有100多種，其中許多可入藥。紅門蘭的外型特殊，如義大利紅門蘭（Orchis italica）也稱裸男蘭、金字塔猴子蘭、睪丸蘭，因為花朵形似一個戴頭盔的人形，且下唇瓣形狀酷似人類的雙腿。也許正因為紅門蘭的外型，而使蘭花讓人作為催情劑抑或是壯陽之用。

義大利紅門蘭 — Orchis italica

紅門蘭屬 — 中部霧林一帶 2500 公尺

特殊花市

非禮勿視

蘭花從白堊時期生存到現在，歷經各種生存環境，進化為最高級、物種最多樣的植物。人們時常好奇：「為什麼有些蘭花長得特別奇怪？」原來，這可是為了和其他生物共生共存所耍的小心機。

有一種蘭花在臺灣蘭展引起很大的騷動，特別標註只適合十八歲以上觀眾欣賞，這就是所謂的「老二蘭」，學名叫做吊桶蘭。這種視覺和嗅覺的特殊組合，其實是吊桶蘭用來吸引昆蟲，並與之互動的一種策略。

由於吊桶蘭長得像「那話兒」，總是會讓人聯想到費洛蒙。確實，吊桶蘭的芳香就像是一種能吸引雄蜂靠近的費洛蒙，而「桶子」其實是個捕獵器，用來困住雄蜂。因此，當雄蜂鑽進花朵內部時，會不自覺地掉入吊桶內，然後被困住。但是吊桶內的水分會讓雄蜂的翅膀濕潤，飛不起來，只好從蕊柱端的小出口掙扎而出。如此一來，雄蜂就會沾上花粉！當雄蜂再次被吊桶蘭的香氣吸引來訪時，又會陷入同樣的困境，重複這個授粉任務，幫助吊桶蘭進行傳宗接代。

不同型態的蘭花都有各自吸引昆蟲的方式，而這些方式都是為了幫助自己繁衍後代。蘭花以它們特有的外觀和芳香，精心設計各種吸引昆蟲的手段，完成了生殖的使命。蘭花絕對是地球上最聰明、最特別的植物之一！

吊桶蘭 — Coryanthes macrantha

吊桶蘭屬 — 低地雨林樹幹上或岩石上

特殊花市

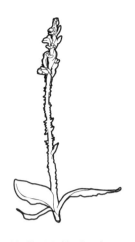

植物界的小強

如果問起何種昆蟲生命力最堅韌？毫無疑問的，肯定是蟑螂（小強）無誤！而在植物世界中，哪種植物就像小強一樣有強韌的生命力呢？如果說正確答案是蘭花，可就跌破眾人的眼鏡了！

蘭花看起來優雅嬌弱，但卻是最適合自然環境變化的植物！大家可以在家做個小實驗，把蘭花以及其他花種的花瓣採摘下來，一起放在水盆裡、或是土壤上。你會發現，蘭花即使切花都可以擺放很久。

蘭花的生命力堪比小強，坊間卻有不少人說蘭花不好養，對蘭花有著嬌弱、必須細心呵護、小心灌溉的印象，這不是挺矛盾的嗎？事實上，蘭花被譽為植物界小強，也就是把它丟在任何環境中，它都可以存活下來。

養蘭其實很簡單，只要依照它的自然特性就可以養得很好了。不管是附生蘭類或是地生蘭類，其實只要一點點水分就可以活得下來，有時候忘記澆水，對蘭花而言反到可能是件好事！

如果家裡的蘭花是包著水草的，基本上放在家裡通風處，保持水草潮濕就可以，大約每兩個星期將水草全部灌濕，瀝乾水分之後，蘭花還可以再擺上兩個星期到一個月。如果家裡的蘭花是種在土裡的，那就每隔三天拿水噴式容器，將水噴在土裡，直到濕透為止，但水千萬不要噴到花和葉子，這樣做蘭花就可以養得很好了。

毛鞘線柱蘭 | Zeuxine tenuifolia Tuyama

線柱蘭屬 ― 林下

中南部低海拔山區

趕走冬天的倦怠

芳美金莎（Phal. Fangmei Green Light）是開花性及香氣表現都很優秀的香味蝴蝶蘭新品種，它培育自臺灣新秀育種家周伯倚先生。

周伯倚是芳美蘭園的第二代，求學時學的是資訊工程。他一直對蘭花有著深深的疑惑，不解為何他的爸媽執著於蘭花。直到周伯倚回臺南老家開始接手自家蘭園後，他每天就有如蜜蜂般穿梭其中，立志育種出獨一無二的蘭花。

2009 年時，周伯倚從龔洋蘭氏園得到一株母本，它是一株很漂亮的小黃花，顏色艷麗且越開顏色越深。他搭配了一株多梗淡色的小花作為父本。周伯倚原本只是預期得到黃色多梗的小花，沒想到在挑選兄弟株時，他聞到一株有香味的花，也就是現在的芳美金莎。

芳美金莎的花瓣金色中帶點微綠，葉子呈現蕾絲狀，當一整園子芳美金莎同時盛放時，溫暖清甜的香氣，彷彿能趕走冬天的倦怠。

芳美金沙 | Phalaenopsis Fangmei Green Light

蝴蝶蘭屬 － 溫室栽培

芳美蘭園 － 特殊花市場

英國騎士

現在的世界蝴蝶蘭種苗市場上，種苗價格由供應最大量的生產者所主導，其餘市場則取決於品質優越與特色。由於荷蘭育種的崛起、AI 自動化的導入，弱化了臺灣過去的優勢。為了能夠在國際市場上再次取勝，顛覆全球蝴蝶蘭價格，香花種苗將是最大的關鍵。然而，香味蘭花的育種，因其隱性遺傳的原因，極為困難。

不過，臺灣有著累積了近百年的傳承，因而有其優勢。臺灣南部最大的麒悅蘭園就是一個好例子。

麒悅創造了一款桃紅色的蝴蝶蘭，取名為 GOLD（Phal. Little Red Riding Hood）。GOLD 的顏色討喜又優雅，花梗如同英國騎士般的挺直，香味濃郁又耐人尋味，男女老少都深受吸引。

GOLD 不只能欣賞，還能做成精油，留住 GOLD 迷人的味道。經過精油萃取與再製之後，GOLD 成為帶點綠茶與橙花的迷人香氛。在居家生活中，GOLD 盆花不僅可一年兩季成為窗臺上的一道亮麗的風景，它的香味更是時常繚繞於生活中。

GLOD ｜Phalaenopsis Chi Yueh Nimo

蝴蝶蘭屬－溫室栽培

麒悅蘭園

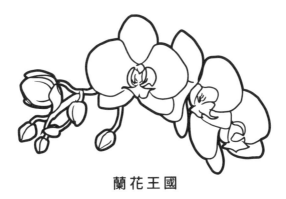

蘭花王國

談起臺灣的蘭花育種起源，起初也許只是蘭花愛好者間的趣味收集，彼此比拚著擁有蘭花的數量，後來逐漸演變成栽培，並不斷提升育種技術。經過近三、四十年的努力，臺灣的蘭花品種增加，量產技術也有所突破，臺灣育種者創造了臺灣蝴蝶蘭產業的經濟奇蹟，更鞏固了臺灣蝴蝶蘭王國的地位，如今全世界十棵蘭花中有八棵來自臺灣！

全世界蘭花的原生品種有兩萬五千種，而臺灣自行培育的蝴蝶蘭栽培品種高達三萬多種。臺灣能如此獨占鰲頭，主要在於臺灣擁有豐富的品種和卓越的組織培養技術。臺灣的成功不僅歸功於臺灣獨特的蘭花地理優勢，也是臺灣人苦幹實幹的文化精神所推動。

更特別的是，蘭花的發展與臺灣的經濟成長密切相關，臺灣蝴蝶蘭進入量產階段正好是 1960、1970 年間，即臺灣經濟正要起飛的階段。可見蝴蝶蘭是由臺灣人創造的奇蹟，見證臺灣人的毅力與堅持。因此，無論走到哪裡，只要看到蝴蝶蘭，我們都可以自豪地說：「這是臺灣來的蝴蝶蘭！」

大白花蝴蝶蘭 — Phalaenopsis Sogo Yukidian ukid

蝴蝶蘭屬 — 溫室栽培

全島花市可見

臺灣蘭花記錄地圖

把生活中探索到的蘭花位置標記下來吧！

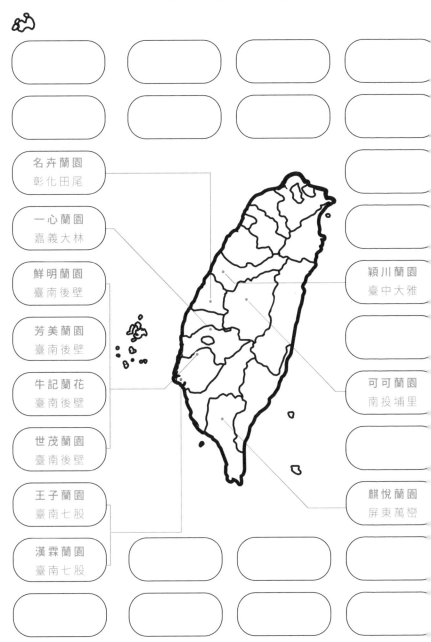

名卉蘭園
彰化田尾

一心蘭園
嘉義大林

鮮明蘭園
臺南後壁

芳美蘭園
臺南後壁

牛記蘭花
臺南後壁

世茂蘭園
臺南後壁

王子蘭園
臺南七股

漢霖蘭園
臺南七股

穎川蘭園
臺中大雅

可可蘭園
南投埔里

麒悅蘭園
屏東萬巒

從蘭花看見臺南，讓世界看見臺灣

這本書是長達十年的紀錄，也是夢想的實現。2014 年，邀請成大蘭花博士郁芸上電臺介紹當年的成大蘭展，為著郁芸對蘭花的熱情以及育種者與蘭花間誠摯動人的故事，因而開啟了長達十年，每周五於電臺播出的「蘭花與生活」單元；直至現在，持續用聲音紀錄著我們與蘭花的親密關係。為了將蘭花的美好讓更多人知道，我們不只一次想著將音檔轉化為文字紀錄保留下來，但這浩大工程卻讓我們裹足不前。如今，在世界蘭展舉辦之際，有幸出版，雖然這書中只記錄了五百多個節目音檔的一小部分，但卻為我們的夢想跨出大大的一步。十年間，常聽很多人驚訝的問「蘭花怎麼可以談那麼久？」或許可以從這本書中得到答案!!

古都電臺節目部主任 李郁苹；成大蘭花博士 蕭郁芸

與蘭花的親密關係

著　　　者　李郁苹、蕭郁芸
發 行 人　蘇慧貞
發 行 所　財團法人成大研究發展基金會
出 版 者　成大出版社
總 編 輯　徐珊惠
地　　　址　70101台南市東區大學路1號
電　　　話　886-6-2082330
傳　　　真　886-6-2089303
網　　　址　http://ccmc.web2.ncku.edu.tw
影音製作　古都廣播股份有限公司
文字編輯　李郁苹、陳天枝、蔡伊盈、蕭郁芸
插圖繪製　林子絮、吳泓瑞
設計承製　綠盒循環設計有限公司
印　　　製　鼎雅打字印刷品社
初版一刷　2024年1月
定　　　價　350元
I S B N　978-626-98104-6-8

政府出版品展售處
- 國家書店松江門市
  10485台北市松江路209號1樓
  886-2-25180207
- 五南文化廣場台中總店
  40354台中市西區台灣大道二段85號
  886-4-22260330

國家圖書館出版品預行編目（CIP）資料

與蘭花的親密關係 / 李郁苹,蕭郁芸作. -- 初版. --
臺南市：成大出版社出版：財團法人成大研究發展基
金會發行, 2024.01
　面；　公分
ISBN 978-626-98104-6-8（精裝）

1.CST: 蘭花

435.431　　　　　　　　　　　　　113000448

贊助單位

- 國立成功大學生物科學與科技學院
- 國立成功大學前瞻醫療器材科技中心
- 國立成功大學蘭花研發中心
- 國立成功大學「教育部精準健康產業跨領域人才培育計畫」多元健康領域夥伴學校
- 芸蘭國際股份有限公司